珞珈诗派

第二辑

李少君 陈作涛 主编

中国文联出版社

胸中晴朗

姜巫

著

作者简介

姜巫

1997 年生，
甘肃临夏人，
毕业于武汉大学。
作品见于《诗刊》《扬子江》《诗草堂》《延河》等。
参加过第十一届"十月诗会"。
现供职于长江文艺出版社。

目录

1. 向大地学习

2. 年轻的神

3. 风雨如晦

4. 意义的迷雾

5. 语言说话

1.

向大地学习

餐馆礼拜

晚上去一家拉面馆吃饭，
我还在等待。店主的儿子，
一个二十几岁的年轻人，歉意地敲敲
我的桌子，指着另一张，问我
能不能坐到那儿，说他要做礼拜。
我会意，挪到一边，看他拿来毯子，
铺在西边的墙壁下，脱鞋跪下来。
他很自然，身边的顾客也没有惊讶，
而我则在他身上看到另一幅画面：
在北方冬日的墙根下，几位下方 * 的老者，
有一个突然起身，走到附近的草垛跟前，
跪在干草上，背影也是如此安静、肃穆。

* 方，农村一种简易的棋。

街上的对话

我无意间听到他们的对话，
一位三十多岁的父亲，和他
十岁左右的一双儿女——
"你还有多少钱啊？交了房贷。"
女孩问，抬头看着父亲。
男孩则沉默不语。
"一千多……"
中年的声音在我身后响起，
我脚步一缓，想继续听。
"那是不是这几天被你霍霍完了？"
"没有啊。"
"那今天我们一人一百！"
女孩雀跃，男孩开心地踢着石子。
"一人五十个币。"
于是我看见那位父亲
被两个翅膀拉着，
飞往路边的游戏厅。

看小说的老人

乒乓球台旁的方桌那儿
他长久地坐着，雕塑一般
灵魂远远离开了这个世界，
偶尔也醒转过来，点支烟，
朝打球的人喝彩一声。
这跟那个坐在湖边长椅上
凝望湖面的男人背影不同，
那情景有点儿悲伤，让人不愿久待。
老人每天都来，不论白天晚上，
有人没人，不肯让虚无
在寂静中将自己吞噬，
他一辈子的伤痛与遗憾，
平静地躺在时间下面，
像河底大大小小的石头。
此刻他宁愿沉浸在明亮的梦里，
不去担心那不知什么时候
会突然出现在前方的瀑布。

用目光击掌

他从婴儿车里向我望来，
充满好奇与不解，凭借懵懂的见识，
他辨出了我的痛苦和虚弱，
一个哈萨克孩子，或者维吾尔，
用他尚未进入的语言。

他的祖母笑着看我，复又逗他；
我动了动眉毛，朝他扮鬼脸。
突然，笑容浮上他的脸颊，
仿佛我们刚刚用目光击掌。

你说今天去看他

你说今天去看他，
离开的时候，他挥手，
小心翼翼地，露出被驯服的
向周围讨好的笑容。
你说忽然觉得他很可怜，
尽管他们认为咎由自取。
可我们总是在暴力的胁迫下
屈服、适应，生成一张脸，
假装彼此无法察觉。
你说你还是希望他
能真正从内心改变，
自由、亮堂地朝你挥手。

陨石坑

忽然发现
手机的保护套上
被剜去了一小块
像一个小小的陨石坑
露出深蓝色的坑底
不知什么时候碰的
也不知它碰到什么
就像你身上总是出现
很多莫名其妙的伤口
它们神奇地出现
又神奇地消失
就像我们躺着，睡着
在大地的伤口里
直到被所有人忘记

我们谈起卡佛

我们谈起卡佛，谈起他的诗，
谈他的婚姻，谈姐姐和土豆，
谈鬣狗一样烦人的催贷者。
谈我的头发又长了，藏青色的 T 恤
显得身后的树叶和天空低沉。
谈和你一起上班的小姑娘走了，
又来两个，谈不躺平的布罗茨基，
荒谬的"不劳而获的寄生虫"。
谈我们温水一样的生活，
谈他的情绪，小说般的语调。

理发

多年来，他们推着割草机
在我头上修剪，手艺时好时坏，
但每一个都很专注，时不时地
摆正我的头，扶起我的下巴，
像在打量一件没有成形的艺术品。
他们有的唠叨，有的沉默，
只是看着，剪着，目送人群里
一个个经过修饰的脑袋。
而我总是怀着复杂的心情，
坐在椅子上，有时叮嘱几句，
在大多数情况下都是任由他们剪，
自顾自看镜子里那些陌生的自己。

致你

我们爱得深了，
像世界上最深的
无花果的树根，
在遥远的南非，
一个回声洞里，
我们爱得深了，
穿过争吵、岩浆和地核，
一个星球重新把我们孕育，
像水和泥土混在一起，
甜蜜地烧成陶罐。

超能力

早上去上班，坐着 BRT
读冒辟疆和董小宛
此刻你应该还在梦中
想我吧，喷嚏打个不停
你在清醒的时候也总是想我
偷我的能量
翻我的空间
去我的公众号下面留言
有时候你的想
像一只手揪住我的丹田
而我第一次意识到这种能力后
没过多久就地震了

向大地学习

以前我向天空学习
体内充满太阳的热流，时时
有为谁献祭的冲动

后来长胖了，身上长出很多人
所以我要向大地学习
不绝望，不崩溃，不飞走

看电影

实际上，我们到现在
都没有一起看过电影，
在坐满观众的电影院里，
一个无人关注的角落，
我们观看，握紧彼此的手，
身下的座椅飞速移动，
一面银幕将我们区分了出来，
从我们身上的导演、编剧、
群演与配角之间，
在世界尽头的某个房间，
未来的我们一起观看，
分析剧情，那时我们将多么苍老，
却足够坦然，足以享有一生。

漫长的下午

你寄来的茶已经喝完了，
你寄来的带滤茶器的杯子
也已摔坏。你给我选的衣服
我穿在身上，果然明亮不少。
你去过的关山公园，我去了，
池子里荷花开得正好。
你待了四年的学校，虽然不是
同一个校区，却让我感到亲切。
你逛过的街道，依旧嘈杂、闷热，
和写作一样撑起我的双脚。
路上一对闹矛盾的小情侣，
男生像我一样积极认错，
不知是不是也像你口中的我一样
坚决不改。路上夹竹桃繁茂，
压低白墙，可惜拍下来不好看，
无法将我看到的美发送给你。
你不在的时间，长得就像这首
我整个下午都在循环播放的歌，
里面有句歌词："无论什么时代，
男人女人都是彼此的心灵支柱。"

老冰棍

在一个遥远的午后，阳光
如二十年后的今天一样猛烈，
咬得人胳膊疼。我追着冰棍
和那清凉的叫卖声，它们花花绿绿，
穿着薄纸，幸福地躺在架子车里，
盖着一苦墨绿色的棉被。
它们在我心里勾勾小指头，
拉着我的目光远去——

爱上猩猩的人

是猩猩不是星星，
一只叫奇塔的猩猩。
爱上猩猩的人——阿迪·蒂默曼斯，
一位神奇的比利时女子，
他们的爱情隔着栏杆。
在她长久的凝望中，
奇塔认出了自己，郁郁地
坐在水边："活在这个世界，
我在期待着什么？"
当他拖着沉重的步子
返回猩群，同伴的扑打，
能否让他迷茫的眼睛振奋起来？
强壮的经得起捶打的胸膛，
在她双眼的悲哀里陷落。
"可是接触星星谈何容易？"
童话早已从我们身上
收回了它的金枝。

火星上的人类

艾丽莎·卡森，19 岁
决定离开地球，飞往火星
决定不结婚不生子
成为孤独的第一个居民
"高贵的灵魂"，他们说
"肃然起敬"，这位年轻的隐士
坚定得让人担心
不知她是否真的想清楚了
她要去的不是被人群包围的森林
不是被语言照耀的故土
不会有鸟飞过
不会有快递敲门
不会有陌生的目光作为背景
她将以火星为身体
她将如亚当一般命名
她在路易斯安那的父亲
会像看月亮一样抬头看她

失踪的马约拉纳

他就这样消失了，
从大海空荡的甲板，被
岛屿一样闪烁在莫名处的
我们猜不中的理由吞噬。
"做出这个决定实在是不得已而为之。
它不包含任何自私因素……"
他就这样消失了，
一个明亮而充满魅力的黑洞。
据 3 月 26 日的来信，
海洋再次拒绝了他，
阿根廷，纳粹德国，罗马和西西里，
他任由人们所希望的那样
在他们的好奇中行走，
有时躲在修道院里，
有时在流浪汉中隐起面孔，
不留片语，不知去向。

怀念勃莱

星辰渐少，大师渐稀，
林子里喧闹而寂静，
三头狗被开门声惊醒，
异乡人归去，付清房租。

一心想逃离的生活
如今却让人怀念，
你摩挲着墙上的划痕，
像回家一样出门。

拥有 45 码大脚的表哥今天结婚了

拥有 45 码大脚的表哥今天结婚了，
他的个子和他的大脚一样雄伟，
让他早早成为篮球队的中锋。
天生的领袖气质，让小孩们相信
跟着他可以藏到别人找不到的谜里；
顶呱呱的口才，可以轻易让人
改变原有的立场。有次在病房里，
他谈起退学重新高考的缘由，
我们被他奇葩的遭遇抽打了一遍，
同情如跷跷板升起。如今这位
闪耀于我童年的"带头大哥"，
肩负城门，成为一名英勇的战士，
玫瑰在他的胸前结成花环，
生活的城池在他身后安宁富裕，
他英俊、高大的形象，顽强的意志，
炯亮的眼神，将被他的孩子继承。
我恍惚看到，一群孩子排着队，
走到河边，接受时间的淬洗。

想象你在罗甸

你去的时候是冬天，一片荒芜，
而罗甸是一棵很绿很绿的树，
一整条街都是，开着紫色的花。
去的时候要经过云雾镇，很快乐，
你说，那些雾，还有雾中的事物。
你进入灵官庙，那是一条隧道，
虽然没什么能证明：这片土地
曾拥有过这样一座庙宇。
你向窗外望去，一座精神的山
远远立在连绵的山后，像黑暗中反光的鼻尖。

冬雨之夜

冬天的雨不如夏天的明亮，
像幽灵蛛的纤腿踩着你的肩膀、耳朵，
将有雾的日子拉向夜晚。
别后又两日，小寒，我戴上
热敷蒸汽眼罩，看见我们
在火锅店里落座，噪声和气味，
像超市里沉重的货架
被我神经的地板举起。
离别的悲伤追随着剧中人的命运，
你在对面说着什么，
蓝色的水母从嘴里升起，
我们拥抱了又拥抱，
然后以 300km/h 的速度
返回各自的位置。
房间里爱的气息尚未消散，
四壁被我们触摸过了，
镜子里还留有残影，
只是身体被送走了，
在遥远的另一张床上
沉入沼泽。

埋匝 *

清晨的细雨中，
我远远看见一群人
在埋匝里站着，黑色的
大衣静默无声。
身后，一排杨树升上天空，
仿佛一个沉重的声音响起：
"哎——大家听着，
××里一个埋体哩。两点送哩。"
这声音被喇叭放大，
穿过苜蓿、鸽子、树林和积雪，
长年回荡在我的耳边，
带着无常的气息。
一些老人失去身影，
栏檐上的汤瓶换了新的，
大喇沟的草滩又缩减了很多，
唯有埋匝，被麦田和油菜环绕，
肃穆地伫立在天空下面。

* 埋匝，回民墓地。

鸽子

坐在二楼阳台上，
我看着东边那棵树，
想把自己忘了，
但没有成功。
它已掉光了叶子，
黑乎乎的，
在下午的阳光里晃动。
旁边那栋小楼
斑驳，阴郁，
曾经住着一位逝去的老太太，
她像一只悬崖上的鹰
坐在炕上，
审视着我们——
三个打碎人家玻璃的可怜虫。
她最终宽宥了我们，
没有接受赔偿，
也没有告诉我们的父母，
但那张被我捏紧的
有染发剂污渍的五元纸币，
像被弹弓弹出的石子，
穿过天空，穿过玻璃，
没有打中那只鸽子。

巨狸猫

巨狸猫不是猫，不是狸猫，
一点儿也不"巨"，它的名字里
住着五道杠的坏孩子花栗鼠。
它们像柔软的弹簧一般
在阳光下跳来跳去，偷我们的玉米，
将我好奇的心摸得蓬松……
于是我央求父亲，帮我逮一只，
让我体验一下手被充满的感觉，
哪怕是一小会儿，像呆呆的小兔子那样。
父亲用六七十年代的暖水瓶
链条废铁皮外壳，做成陷阱，
我们等啊等，每次都失望地看到
一只又一只蠢乎乎的鼹鼠。

小老鼠

二十年前的夏天，打麦场上，
麦垛——小老鼠们的屋顶——
被大人们拆除，它们用
没睁开的眼睛打量着世界，
软软的粉红色的身体挤成一团。
我把它们放进火柴盒里，
送给四月——一位好听的阿姨，
看她尖叫，骂我"坏怂"……
这纯洁的恶意，无知的欢乐，
指使我驱赶它们的长辈
在浑浊的水塘里游泳，或者，
在它们的皮毛上浇满汽油，
看它们痛苦地燃烧、叫唤，
被地狱吞噬。如今地狱长出牙齿，
撕咬着我的心灵，而那一团
懵懂的幼崽，被我忘记了命运的，
猛然睁眼，掀开我的屋顶。

劳动

空白的文档像一大片未割的麦田，
或没开始挖的土豆那样叫人发怵，
我卷起袖子，在手掌上吐口唾沫，
用力地搓搓，把握住这片刻的勇气，
将面前的恐惧割倒在地。它们
一捆一捆地躺在我身后，引来野鸽子、
麻雀和新的问题，就像我扬起
锄头般的意志，挖出记忆中的肿瘤。
这些巨大的令人眩晕的肉球，
无数次堵在我梦中的铁索道上，
将我从鼾声和汗水里捞起……
"你只有猛力，没有长力。"父亲说。
而祖父优雅地挥镰，清脆的
死亡的声音，从它们的脚踝上传来，
尽管他很快就气喘吁吁，坐在
另一个世界的柏香树下看我磨镰。
这些新鲜的麦捆要搭成小亭子，
在烈日下晒去身体里的水分，直到
被我们用绳子捆着，甩到背上。
我们弓着腰，背着越来越重的担子，
一直数，一直数，只要再数几次，
就可以坚持到打麦场，而脱谷机

会脱去我们的疲惫，饱满的

硌脚的麦粒，会在我们的沉睡中堆积。

蛇

1

蛇是危险的东西，
第一次碰到我就这么觉得。
我们几个小孩，本能地
惊叫，将它红褐色的身体打烂。
接着我们开始惶恐，玛尔力
讲起被蛇报复的老太太的故事：
一条水桶粗的白蛇找来了，
她躲在倒扣的水缸底下，
为打死那条小蛇后悔；
家人关紧门窗，一边颤抖，
一边看白蛇围着水缸转圈，
等蛇走了，缸底下一堆灰烬。
这条恐惧之蛇跟着我们，
翻过垓塄，穿过冰草和树林，
钻进我们的被窝，时而
从药酒瓶里投来一瞥，
吐出泡得发黑的芯子。

2

"牛和蛇会互吸。"父亲说。
我仿佛看到，两种生物拔河一般

隔着空气对峙——要么
虚弱的黄牛被吸得头昏眼花，
轰然倒地，要么细长的蛇
"嗖"的一下飞进牛的鼻孔。
我从未见过这奇异的场面，
但不妨碍想象作为另一种真实
隐秘地填补我的生活。
就像身上长满花草的马路一样宽的大蛇，
打着腥臭的哈欠，将汽车和行人
吞进腹中。爷爷讲这个故事时，
一条巨蟒从腐叶中扬起头颅，
盘亘在高露沟的丘陵上空，
我们曾在那儿的窑洞避雨，
烟熏火燎的墙壁上，曾有恋人
刻下爱和名字，而那条巨蟒
也曾迎接某篇小说里的重生者降临。

　　　3
蛇逃离了我的世界，
自从我在雨后打死一条白蛇后。
它只是胆怯地经过，携着危险
却没有攻击；它从草丛里游出，
绕过土块和水滩，想到路对面去，
在泥里留下纤细的痕迹。
我觉得是时候证明我自己了，
身为儿子娃却长久被蛇支配的恐惧，

让我化身巨人，将它斩成两段，
但我并没有因此长大。
从此蛇从我眼前消失了，
只留下轻飘飘的蛇蜕，
仿佛我们未曾感受过彼此的锋锐，
仿佛一切的剑拔弩张都是幻觉。
我抚摸着那粗糙而轻盈的
关系的余响，听你讲述在熟睡中
闻见它们闯进房间的怪味，
一对蛇夫妻，被屋外的寒冷驱赶，
侵入你的安全领域……

2.

年轻的神

如今你也要离开自己了

如今你也要离开自己了。高高的
时间在你身上盘旋，目光远得抓不住，
白杨树围着你的眼眶，众神口渴了，
他们想从你这儿打水喝。

彩虹树

它充满四周，却很难发现，
是因为它明亮的本质深藏在表皮内，
还是暖厚的苔藓裹住了它的脚？
它依旧生长，朝向赞美。

幸福是涌来的东西，
而我们的身体充满漏洞，
唯在它那里，幸福喷涌，形成树冠，
所有的云都是它的叶子。

平安夜

一只红苹果生出灵智，
长出脚，长出嘴，穿上祝福的鞋子，
给忐忑的人们带来佳音：
"你们心里不要忧愁，也不要胆怯。"
于是少年们从网吧里出来，
上班族整理好心情，
高声喝骂的人也变得温柔细语，
高速公路上的世纪慢了下来。
在这宁静奢侈的夜晚，
让我们爱吧，爱吧，放下敌意和疲惫，
温暖和同情心会得到酬劳，
愤怒终将消散，偏见和仇恨
会在死亡之拥抱中和解。
让我们笑吧，笑吧，
在爱人甜蜜的怀中，
凡是今夜诞生的，
已在另一个世界死去。

酒泉和一个未完成的计划

二十几年前，我还没出生，父亲
还没有成为父亲，酒泉就在他心里了，
他说那里的田很宽，路很宽，心也很宽，
遇见的人都有礼、热情，没有心计，
尤其是敦煌，水很温柔，人脸白皙，
在他疲于奔波的心灵里种下计划。
新生活是那么幸福、真切，触手可及，
像他们的新婚，显得那么美丽、新鲜。
母亲学会裁缝，缝纫两个家庭，
这些亲密的布块，经过她的手，
穿在我们身上，匀称、妥帖，看不出痕迹。
可我和父亲都不会爬树，这里的地面
缺乏弹性，无论是生活在树上，还是
生活在别处，都没有动力抛起，
落到陌生的遥远的面孔之间。
当然一些成功的例子也令他们羡慕，
而我则在很多年后惊讶地得知，
一位朋友和他母亲搬到瓜州，
远离故土，过得还不坏。

列维坦

是你呀，是你呀，伊萨克·伊里奇·列维坦！
你这令人快活的朋友，清澈、忧郁的单身汉，
你徘徊在静静的伏尔加河畔，说你看见了，看见了。

是你呀，是你呀，伊萨克·伊里奇·列维坦！
贫穷在你身上猎猎作响，但你经受住了考验，
你漫步在白桦林里，突然振奋，抹去眼球上的灰尘。

你心灵的音乐如溪水般流淌，目光掠过石板，
你这拉比的后裔，普希金的弟子，斯宾诺莎的门徒——
是你呀，是你呀，伊萨克·伊里奇·列维坦！

怀疑加速你的崩溃，天才的灵光为雾霾所掩，
你的明亮充满阴沉的调子，但你的劳作，驱散一切。
是你呀，是你呀，伊萨克·伊里奇·列维坦！

春天啊春天

树根闪电一样生长，
水池里的水要溢出来了，
夜晚亮晶晶地照看着土豆。
我们长高——天空的巨脸，
我们缩小——被揽进怀里，
我们加速——春天啊春天。

"你是我的领土"

当你说"你是我的领土，唯一的领土"时
我感受到自身的广袤
我的优点被你发掘成钻石
我的火山一一熄灭
我暴烈的鼻息变得柔顺
我是你的，你的
像玫瑰读懂了小王子

留言

桌子左侧的墙上
贴着黑色的花盆
里面升起黑色的花朵
花的上空，飘着
许多小小的心
一个黄色的说：
"明天会更难。"
旁边粉色的回答道：
"但是后天一定会好起来。"
一群屁股圆圆的小熊
开心地跳起来，其中一个
像夏天一样蓝

2020 年

仿佛一辆火车
沿着我的腿
驶往脑后，载着日子的窗户，
一些朋友远去，
一些空旷被重新认识。

我们要爱

是的，我们要爱，拼命地爱，
死亡早已被我们穿在身上，
唯有吻能击穿且涌入彼此，
我们没有多少时间了。

让你的池塘焕然一新

真没什么可以反抗的了吗？
你整天躺在虚无的软乎乎的床上，
没一丁点儿力气，哪怕是收拾
打扫你自己，拿起扫帚吧，
让你的池塘焕然一新！

我们和和气气

我们和和气气，不指责，不批评，
诗和生活分开，互相赞美就是友人。
我们善于把对方放入大师的谱系，
而只在语言的风景中漫步。

天空之城

什么样的巨力能让我们上升，
将整个人类提高到神的地步？
英雄们努力，一次次扛住世界的下沉，
像天边宏伟的柱子。

我们在摇篮里沉睡，既不绝望，
也不进步，有时也望一望星星，
那些温和的眼睛，忧郁的面孔
被拉得弯曲，是什么样的巨力？

安乐，或出水的鳄鱼

好想让你领着我，到鳄鱼的头顶，
它在这儿不知多少年了，只有尾巴连着河水。
瞧！它的身躯还在朝两边的山麓扩展，
胖得悄无声息，我们可以拔掉它的牙齿吗？
这样它就可以驮着我们飞越山谷，
甚至未来也不在地面上，而此刻——
太阳被烤得金黄，散发出幸福的甜味，
鳄鱼沉睡在天空的大泽中，忘了我们
曾作为它的四肢，紧绷而不知腾起。

煎豆腐失败

新鲜的时刻充满了
切片与切片之间的分离，期待——
被装进空盘子，涂好蛋液，
倒进想象过头的油中，
而明月似乎还在更深的地方，
海底算一堵墙吗？
还是碎了，碎得很无辜，
像被潮水抛弃的海螺和贝壳。
我端着这一盘结果，
毫无食欲却依然想吃，
吸引我的，是遮蔽它们的，
空而美味。我由此进入另一个
因不断追问而天亮的夜晚，
我突然间不存在了，像一只白牦牛，
消失在高无可高、大无可大的雪山里，
她可爱的眼睛出现在天平另一端，
淌着我向往的热泪。

对夜晚的恐惧

我喜欢白昼——
亲切可爱的理性的白昼。
在蓝天远逝的怀抱中，
一切都得到了安慰。
被金黄的玉米粒吸住
而飞不远的野鸽子群，
用它们的咕哝和羽毛
温暖宁静的琉璃屋顶。

然而，当夜色来临，
一切都被挖走了，
只剩下黑魖魖的矿坑，
仿佛有什么东西要爬出来。
路灯惨白得像冥府，
星星也因我的近视不再清澈，
这骤然陌生的世界，
嘲笑着将我排斥将我驱逐。

第一次如此清晰

下午，天气突然变冷，
瑟瑟发抖的杨树枝，拽住一绺
苞谷根编织的围巾地膜，
它往何处去？尽管北风鼓动，
闲歇的土地松开了束缚，
可是你不也回来了吗？
母亲在台阶上自语：冷死了！
她在蓝色的桶里盛满清水，
我看着映在上面的世界，溢了出来。
周围的声音第一次如此清晰，
仿佛我这才拥有了眼睛、耳朵。
我用小孩子的手触摸，新奇，
充满喜悦，像太阳灶似的，
在房顶上转来转去……

魔山
——给 J

它变高了，变高了，
通过吞食我的肉身，
所以我常感到饥饿，
沉醉于知识的芬香
而不得缓解——

你说"来，我教你生活"，
而它的魔力在于忘却。

那纯粹的蓝曾俯身
向我的胸中汲取，
我可怜的灵魂几乎要离我而去，
你这更高、更完美的存在，
同时在我们脸上浮起。

如今我走动、雀跃，
不论有谁在我头顶沉思。

补天

月光好白，暖气吹着，未来的家吗？
巨鳌的腿，品尝时间的人真幸福！
噪声安静地漫上海滩，隔断的生活，
悬于生活，灿烂莫过于塞拉匹斯。

词语是甜的，泡沫升腾，反抗
如一面镜子，以扫瘫在躺椅上——
你和弟弟，弟弟，杏花遍野，大象
依旧在废墟中，而绳子断裂。

身体的湖是何处的湖？夺目的犁铧
在希望玉米，她通过快乐达到。
你的椰子胖、胖、胖，容得下赞美。
光明的西比尔，世界在她的眼中，

而泽风大过，投下克格勃的阴影。
爱人是一件美好的事，你说，我们在爱中
建立的是土豆，而不是拉丁姆，
众多的面孔，从你的微笑里升起。

Sappho

萨福萨福，你这希腊的女儿，
教会我爱的少女，
你明亮的天性辉耀我，
让我在大病中沐浴你的精神。

萨福萨福，你这希腊的女儿，
教会我爱的少女，
你在安乐的故乡传播安乐，
在群山的怀抱里抿起海洋般的嘴唇。

萨福萨福，你这希腊的女儿，
教会我爱的少女，
你赐予我纯洁的羽衣，
引领我向下引领我上升。

你抚摩着年轻的死去的神

你的怀抱是海水，你的怀抱是沙漠，
你的言语充盈，你的笑容芳芬，
你抚摩着年轻的死去的神，以漫天的雪花送他。

光依旧照耀着一切，罐子裂开了，
没有水流出来，凶兽和猛禽
依旧漫游在大地上。

感恩节

你说光，是最伟大的诗人，凭空在我们身上描绘，
按照各自的心性，赋予不同的颜色。
美在我们身上呼吸，我们互相惊艳，
却浑然如罐子和水，彼此撞击着，行走在草地上，
草叶上露珠闪着，升起光辉，这薄薄的一层，
竟盖住我们自身。

夕阳无限好，你的手臂张开，内心扩展，
以升灭的节奏，贪飨这温热，这虚幻之物，你竟如此
渴求！

窄门

057

耶稣对众人说：“你们要努力进窄门……
那门是窄的，路是小的，找着的人也少。”
于是我蒙眼探寻，穿过电路和荆棘，
深嗅这令人沉醉发晕的迷香，噢，玫瑰！
含羞动人的玫瑰，河谷中唯一的玫瑰，
你的美在操控我的血，让我的祈求呢喃：
“主啊，你为何遗弃我？”我不洁的、
有罪的身体，渴望你从苍穹之外伸手，
抱起我婴儿的幼灵，让我哭吧，在你怀里，
“……只是很久没这样被人抱过了”。
纯粹的光将我们击中，纯粹的柱状的光
让我们握紧，像飞船上飘摇的两片栏杆。
我将脸贴在你凉凉的肚子上，想我得救了，
仿佛一只蓝色的小鲸鱼，从咸涩的海水中
游到更高、更纯粹的波涛里，只剩呢喃。

关于东湖

仅仅看了一眼，你的影子就深深印在水面上，
然而水波不兴，当她走出来，仿佛是从画中探手而
自然拥有了身体，她眉眼含笑，步履轻曳，
踩中我的灵魂仿佛穿上鞋子——"爱情只在想象中"。

她在栈桥上走，脚下覆满蓝藻的生活的水，
令你眩晕，在这丛生的幻象中，
你的心如何能透过这被光染醉的一切，
抓住黑暗中的荆棘？作为造物，我们如何以完美的
形象（从我们自身上升起来的）抵挡高空的窥视？
那鹰眼一般从万物中掠过、全知全能却无所作为者，
挡在混沌面前，仿佛是从你们眼中交织而出的屋顶。

又如这梧桐、樟树、刺槐和水杉，在语言中摇晃它们
的眼睛，
但你的眼睛得像它们的根，长久、长久地行走在黑暗里，
无论你看见，或者看不见什么。

方言短章

楼底下一个人吹口哨哩！
吹的是呼伦贝尔大草原，
声音听像是錾子哩！

我的心哈你錾成两半个……
半个天上哩，半个地下哩！
你笑时我才睡得安稳哩！

致 Jz

《诗》云："颜如舜华。"你笑里的光
孤植在庭院中，似山风拂却，杏树摇响，
你的马奔跑起来……它，可曾期待？

"我是水命。"你说。啧啧！双眼浩渺，
此时方知东湖亦氤氲于我。

像一阵风掠过淡蓝色的天空

像一阵风掠过淡蓝色的天空，
诗神离开了，你的心灵封闭，
再也没有甘泉涌出，给渴者以安慰。
你曾用痛苦和爱将它浇灌，
用悔恨和祈求将它濯洗，
但一件凡物，瓦釜之质，怎能发出道音？
你拼命按弦、拉弓，奏不出一首和谐的曲子，
这是命运吗，还是你不愿舍弃？

肉孜节

白日炙烤着广场、Eid、洒水车和灰尘，
这耀眼的城市，蔚蓝、轻盈，无意让你承担，
因而你的翅羽洁白，尚可赞美，
但你的神已被吹散，为了死亡的问题，
我们祈祷，繁衍，在世界上留下声名，
究竟哪一个是必须的、可信的？

告别

时间纷纷从你身上经过，
丁香的树影很快就掠过台阶，
你的各个年纪的眼睛一起朝你望过来，
你也坐到窗前，加入他们的行列。

发呆的岛

岛为什么要发呆呢?
难道是一只鸟飞过,
或者它在海里待得久了,
想回到陆地上?

它是轻盈的,
猴群雀跃在羽毛中,
云雾披在身上,
难道远是近的中心?

或许它发呆
仅仅因为它是旋涡,
而我们止不住地靠近,
像止不住另一个人对我们的吸引。

忽闻楼上

忽闻楼上
有人弹《国际歌》，
声音轻又清，
真好，久违的感觉，
像激情只剩下感动。
下一曲是《国歌》，
指尖毫无杀伐之气。
这夜曲一般的
莫名的弹奏者，
来到莫斯科郊外的晚上，
想起你登上学校后山，
在空旷里静静聆听，
那吹口琴的少年。
声音还在继续，
有时我们追赶，
有时它朝我们追赶。

不是苹果的苹果

白日梦游的魔法师，随手
将这只苹果，从苹果里取出，
放在镂空的垃圾桶盖上，像史蒂文斯
把一只坛子，放在田纳西的山顶。
于是不锈钢的饕餮睁开眼睛，
世界就这样开始，我们就这样拥有生命，
向高处——展示我们的残缺，
于是雨水就将我们灌满。

天又一次亮了

天又一次亮了，
太阳将要升起，我的生命
从你身上生长出来。
你伸出手，像深渊里托住我的花盆，
悬崖上保命的树枝，
我爱着，欠着，仰望着，
扒紧。

勇气

你个傻瓜、懦夫，永远长不大的，
你对真正的人充满恐惧，
而只敢触碰和拥抱幻影。
向下的路你害怕承受痛苦，
向上的路也不愿为你敞开，
你的躁动的心在鸟笼中东冲西撞，
可有一次获得过安宁？

都匀记事

在粼粼的蓝格子泳池底下，
你躺着，像一团恍惚的光
进入九十年代的香港电影。
当我们摘完枇杷，在雨中
爬山，倾听暮鼓，小推车
被老太太推着，飘摇向上，
一缕紫色的云也要隐去了。
你伸出手，覆住树的呼吸，
说我们和它们一样，牵手，
生长，仿佛庄子，又好像
命运让我们绕了一个大圈，
才走到九龙寺，走到一起。
一枚鱼形项链从你的胸口
游入海中，像你的黑眼睛，
再一次将我认出：月圆了，
空气充满空气，仿佛石头
被我们踩着，到河对岸去。

后院

童年，你在后院的花椒树下，
孤独地挖呀，梦的锄头，战壕，树莓熟了，
你给她一颗杏子，从脏兮兮的窗台上
拾起她的手，石头们哈哈笑着，不时击掌，
松鼠在风中跳跃，榆树都被砍干净了，
你的想象力也是，作为千变万化的一面，
你不够低下、谦卑，假象在你手中
被编织得发白，晃眼睛呀！你的词已铺好，
而心尚未驯服，你等待着奇迹涌现，
却又不信，仿佛鼹鼠，认不得太阳。
你的伙伴们成家的成家，出门的出门，
像一些云，从高高的枝头，落入荒草之中，
席间你们谈及生活，互相探询，像两只蚂蚁，
背着各自的经历，分享而不求理解。

抓周

据说你一下子就抓了只笔，
他们觉得你长大后会做官，
但接着你抓住了一片森林，
永恒的光芒照耀着，泉水
从云底下的石头缝里流出，
后来你又抓住了一些概念，
想用它填充你饥饿的心灵，
然而它们只是一些容器啊，
远比你心灵饥渴的，不能给你什么。
再往后你抓住一些幻影，
向它们吹气，于是它们变得结实，
走动在你安全的世界周围，
它们追逐，欢笑，像天鹅拍击翅膀，
而那轻盈的桥，曲桥，通往对岸，
尘世的幸福，你要不要踩上去，
那边的爱人朝你伸出手，
她说人生不是苦难，美不是幻觉，
我们活着，就乘坐小皮艇，
前行，前行，拯救我们的使命！

候人兮猗

三过家门而不入，最后冷冰冰的
你终于决定：不做剖腹产；从涂山氏
到医院的楼顶，你始终抱着
怀里未出生的儿子，

喊疼，下跪，叫他启——
动不了的命运有谁知，
但究竟是谁？在虚空中颤抖着
一笔松开了你的力气。

但孩子是从石头缝里取出来的，
你那可怜的、没娘养的启，
黑洞般的，一头撞在轨道上，
这颗由死亡摘去的

爱情的果实能让你解脱？
当你闭上眼睛跳下去，所有的
网都在收紧，但自由
轻得跟虚无一样纯粹。

曾经他身上温暖的彼岸，
在死人的桥边染上产血，

因果啊，这些盛开在花后面的，
让我们每个人

都充当它的水源，
可灵魂深处我们的根却看不见它，
只知道一味向亲近的人索取，
直到……唉！泉水，

那悔恨，正如两个人初见，
敞开了彼此各具一半的容器，
那古老的海洋才会经过，
并充盈我们的肢骸。

3.

风雨如晦

一个奇怪的人

我不知道他经历了什么，
那个男人，神神叨叨的，
头发愤怒如铁丝。
他大约五十岁，杵在
湍急的人群中，喊着"救救孩子！"
他的声音像从炮筒里出来。
身后——火车轰隆驶过。

给予

当你内心的两个声音争辩，不知以何为准时，

就给予；

当你发现自己的自私，以为那是你的本来面目时，

就给予；

当你觉得你不值得被爱但依然有人爱你时，

就给予；

当你承受不住内心的丰盈时，

就给予；

而此刻，凌晨三点，我从蒙昧中醒来，

有一屋子的花想要给你。

诗人死讯

今天一个诗人死了
心脏突然停住，卡死车轮
世界依然在飞驰
载着朋友们的悼念
一个你没听说过的诗人
在这样的时刻
被你认识

一个投矛的诗人
冷峻、痛苦，身如闪电
来自黑白世界的脸
覆住他的呼吸
一同屏蔽的还有他的挣扎、不甘与愤懑
一如他生前被对待的那样

纪念

深夜，我捂着脸痛哭，
为你们的命运、我的无知痛哭，
你们有多年轻、多天真，就有多伟大。
从此你们即是过去，
是投向未来的阴影，
照亮我的门缝。

交谈

凌晨，两只鸟在交谈
声音闪亮几个街区
一只说话时另一只在听
还有回应和沉默
我不知道它们在聊什么
总之在聊些什么

雪落在阿富汗

雪落在阿富汗，
沉重的晶莹的雪，
恐慌在堆积。

起落架上的人，
像一颗炸弹，
从希望的羽翼下掉落。

索拉雅死了，
婴儿被抛过铁丝网，
翻墙的人在子弹中挥手。

秃鹫盘桓在苦难上方，
狮子们披上金闪闪的远景，
在主义的深处觅食。

像这支烟被吸去三分之一

像这支烟被吸去三分之一
有人也在我的脚下，对着我猛吸
让我头发掉落，目光暗沉
我读书，爱人，抓住一切令人欣喜的东西
但已经长不高了，只能下坠
朝着生活的海底

我已如愿获得这么平静的语气
却感到悲哀，因我已失去

当我离开的时候

当我离开的时候，
我想给你留下点什么，
在我这座身体中——
也许是你歇脚的凉亭，
也许是山腰里的莓果，
也许是你温暖的名字，
吸引你的同样吸引我，
在我明亮如晌午的梦里，
它们歪着脑袋慢慢苏醒。
当子规的啼鸣响遍沟壑，
我想给你留下点什么。

截止日期来临

截止日期来临，
像很多令人恐惧的日子，
总会在下一刻相错而去。
我想写点东西，
可早已写不出什么，
这种痛苦让我想起尿检。
我已接受我的平庸
和不写诗的生活，
可心里总是空空的，像小说结尾。
是的，不再有人催促，
也没有必须要读的书，
必须去看的风景，
很多人不知不觉在窗外后退，
熟悉的话题结满蛛网，
愤怒开始失去力气，
饱餐虚无的胃，
变得厌倦。

让生活显得庄重一些

杏树、李树，或者樱桃，
我不是很确定，
月牙形的水泥护栏
圈住一缕不太乐意的阳光，
绿色的叶子还在，
脑子里的果实已被摘走，
冷使我的腿上了年纪，
还能活很多年吧，我想，
读一读《尤利西斯》，
让生活显得庄重一些，
即使懒和丧已深入骨髓。

墙

那充满警告意味的黄色的墙
究竟由谁竖起，遮掩地铁出口
呆立而悲伤的花束，那些在绝望中
等待窒息的人，在地上披着雨衣
等女儿回家的人，在战争中
手提肩扛流泪慰问的人
他们相信，却一次次踩空
那像墙一样在我们心里升起的
裂缝——只需粉刷，不需弥补

无题

也许是我出现什么问题了吧

也许是生活

我像皮球一样弹着

幅度越来越小

躲避不确定的

令人恐惧的东西

却像赌徒一样投注

我在聚会中听着

将一个争抢众人

眼睛和耳朵的我

交到另一个的手里

我已不愿讨论

谁好谁坏谁是 top

对于诗歌

我已失去判断的标准

很想为以前说

某些人的诗平庸而道歉

就像曾经嘲笑某些人是"胖子"

直到我也成为其中一员

我的双臂举着

努力保持天平的平衡

我讨厌却羡慕那些极端的人

从悬崖上掉下来之后
我四周的锋刃渐渐磨平
犀利的脸庞变得憨厚
有些空气够不着了
只有睡前一小会儿清醒
唉，就这样浑浊地活着吧
抱着可怜的、可悲的希望

在这幸福的高处

在一个结局还在远处
有风的路口徘徊的故事中，
一位女士苦恼地站在婚姻面前，
她已三十多岁，男的也是，
开外贸公司，在疫情中欠了不少钱，
像一个抵挡猛兽的新石器人，
突然失去了手中的武器，
他每天吃不好饭睡不好觉，
希望先等事业稳定。
她觉得男人如一只老鼠
从属于他的责任下逃脱，
他们的感情和未来的家庭
一半的地基已经崩塌。
她认为"一加一大于二"，
两个人可以撬起世界，
在这幸福的高处，
他们赤手空拳，
拥有神的伟力。

夏蝉

闷热的夏夜，我去阳台拿衣服，
一只蝉安静地趴在纱门上，
没有被我猛然的动作惊醒。
它似乎正沉浸于屋内的灯光，
我拍它，它不动，调到微距，
它开始感到不安，触角颤了颤，
远离我充满热量的手，
我最终还是没有打搅它。
你说"夏蝉不死，是为道"，
我想起一个星期前的另一只，
它被它的伙伴甩了出来，
落到阳台左侧竹黄色的墙上，
将夏天放大了无数倍。
我从阿勒泰的风景中抬起头来，
忽然想去外面走走，
这种感觉一直在踢我的心，
像那只被我追到郊区
才发现并捉住的蜥蜴，
我被这鼓噪的夏日的手
握在房间里，哪儿都不得去。

一张自己的照片

那船长一般
站在碧波的欢呼中
驾驭条石的
是年轻的你
你不好意思地笑着
望向天空
T恤被风吹得
贴紧桅杆
我从你的脸上认出
扎根在我血液里的
许多副面孔
后来它们纷纷飞出
旋风一样
或赞同或指责
纠正你梦游的肢体
最终你也没有
向我走来
我只能远远地望着
祝福、羡慕你

召唤

多年来，你一直感受到一种召唤：
"回乡村去吧，回到庄廓和田野里去。"
默温或者雅姆也这样说。
那些贫穷、快乐、闪光的日子，
与冬麦、苜蓿和小山羊一起生长的日子，
即使有时你也曾厌倦得想逃离。
但已经回不去了，尽管它们都没变。
偶尔它们会在梦中以亲人的面孔出现，
用充满期待但克制的眼神恳求。

雨中

中午下起了细雨，
几栋白色青瓦的矮楼
弹起雨点，静静被湿润，
世界轻盈了起来，
即使它们四周
堆满了高高的石头
一样压抑的住宅楼，
我不喜欢这些建筑，
但所有的城市都被占领了，
所有的街道都像
被我走了无数次，
所有的景区、山和树
都带着人工的痕迹。

战栗的"颤栗"

每次看到"颤栗",
我身上的肥肉就发颤,
甚至觉得有点儿冷。
多么好的词啊,
可惜是非推荐词形,
我只能一次次画掉,
换上正确的"战栗"。

八月十五夜

为了好日子，
只能远远望着
天空的铜把手。

团圆缺省，
此刻它斟满卡瓦斯，
我无醉意。

而宇宙在吮吸
这皎洁的奶嘴。
所以我们还算幸运对吗？

幻觉的光芒
使我们透明，
使我们爱上彼此。

艰难的日子总会过去吧

艰难的日子总会过去吧，
我想。你打来视频的时候，
沈复在回忆：1803 年春天，
芸娘血疾，他去靖江借钱，
迷路了，睡在土地祠里，小小的
仅能容下半个身子的土地祠。
他去靖江借钱，唉，又一次，
终归是煞人勇气的事情。
然后你说起买房、付首付，
以及你朋友一毕业就什么都有了，
以及我躲闪的目光。
"这个问题就在那里。"
在风和日丽的春天下面，
在我们手织的美梦下面。

夏至

夏天已至。
夏天又至。
年轻的神一样的夏天，
我们匆匆离开，
伴随着阵雨。
还有很多风景
来不及看，
还有很多风
吹掉我们的伞，
还有很多雨
落在我们头上。
但夏天已至，
无法回避，
无法拒绝。

很多风景就这样

在武汉几年，
只登过一次黄鹤楼，
还是陪表哥去的，
它就矗立在那里，
在我贫乏的生活对面，
不高，也不远，
但没有想去的意思。
很多风景就这样
默默地存在于我们的想象中。

公交电影

公交不紧不慢地像向前行驶，
我坐在最后一排，左边不靠窗的位置，
听《一封信》，疏离的男声夹杂水声：
"彼时此刻我的全身长满了耳朵。"
我坐在我眼睛后面的电影院里，
看车上的人，陷入各自的生活，
晚年的周梦蝶也是这样日复一日，
像诗句的投影，缓缓消失在水中。
看我自己，怀着不安和激动，
似乎要奔向一个即将发生的故事，
"如诗一般的生活"，慵懒的声音
从旧巴黎的码头上传来，而你即将告诉我
你在这普通的一天里发生的事情，
我听着，看着，等待它们
像蜂蜜和杨梅在我心里发酵。

雨中骑行

那是大学一年级
快要结束的一个下午，
我们去藏龙岛，
其他人坐车，我、
吴方昇、罗凯、胡仕波
四个人决定骑车。
我们在半途冲入雨中，
大片大片的雨，
蒸熟了的夏天
糊在我们身上、脸上，
我们大笑着，
互换欣赏的目光，
想哭，却一直笑。
车上的人远远喊我们，
隔着茫茫的雨，
像极了六年后，
我站在雨幕前，
望着起雾的南湖。
想起半夜坐在湖边，
听不同的鸟叫，
想起那些投水的人，
想起那些江滩边上

游泳后的中年男人。

他们落寞地坐着、走着，
露出疲惫、松弛的腹部。

胸中晴朗
风雨如晦

艾蒿

出门看到一束艾蒿，
静静地立在旁边。
"或许是房东吧。"我想。
临近端午，没想到屈夫子，
只想起父亲割来的柳枝，
插在清晨的门缝里。
那扇黑色的木门，苍老、
干裂，布满贫穷的缝隙，
后来终于被拆掉。
是啊，我们在清明烧纸，
在端午插柳，而艾蒿
一簇一簇地生长在田野里，
只是牛羊食物的一种。
就像我们端着素盘，
聚在山神庙前祈求风调雨顺，
不问此日纪念者为谁。

静坐

你在静坐中成为牛犊山，
成片的桦树、杉条和松林
在你的毛孔里晃动，
脚底的河水，咆哮着，
吐出洁白的死羊骨架。
野草莓从你的血管中伸出，
酸黄的刺棘钩住采蕨人的衣服，
曾为他们提供晌午的老人，
一位的房子还在，另一位的
早已有花牛在上面跳舞。
父亲拿起望远镜，从与他们的
交谈中走出，照看滩上的羊群，
它们经过土拨鼠出没的石头遗址，
缓缓爬上阳坡你的腹部。
你和祖父用八卦算过的云彩，
如今飘带一般裹住你的心胸，
荡胸生层云了啊，极目处
山顶的信号塔能否转播？

梦见我死了

发现跟活着一样
外面阳光正好，车水马龙
电动车在人流和小摊间乱窜
黄昏珍惜着一切
我一拳打在树上
很疼！不知所措
我才二十多岁
本想会是个饱满的日子
往事清晰，经验成熟
世界从我身上脱落
这突然的迈步
越过我们的计划
到你看不见的地方
与陌生的孽障人一起
分食凉了的炒豆芽
大家眼神阴郁
桌椅上满是灰尘
新来的还有生气
尚能吃炒粉
死很久的就不需要了
走在大街上
熙攘而不觉得拥挤

风雨如晦

世间多有不平事，朝你眼窝里甩炮嘎
也曾怒视，握拳发颤，睨枪口咽下恶语
不屑做个好同志，摇身拔众以作管理
更深夜持匕，与二藏獒斗，胜而负伤归
又啖蛇饮血，荒草滩上把玩死人的头骨
至今谁也无法否认你年轻时候的悍勇
可他们有钱了，量你气短，敢于嘲讽
看你的叹息如虎落，暴躁仍不减当年
今我胼手胝足，才悟你的焦虑和崩溃
山梁上风雨如晦，出离心伏于天伦意
七日的戈壁生死，残羹分飨，渴饮一桶
赠刀以相酬谢，这份心意现在生锈了吗
众大师们远遁旷野，只有你持着符节
缓缓走到我面前，风削雨劈更显精神

大雪

这雪来得比房东的榔头还要猛烈，
锁也锁不住，镜子和洗手台迸碎，
锋利的雪片旋转，她们打包行李，
离开蛋壳，继续接受寒冷的教育。

几个孩子伸出舌头，尝试舔铁棍，
这勇敢的自矜、好奇，毫无防备，
被人一棍子敲在头顶，天旋地转，
落入天坑，承受最初被许诺的雪。

好话已被说尽，雪纷纷扬扬下来，
弦子的朋友们等到十二点，安静，
温暖，相信正义，掌心里攥着火，
年轻的普罗米修斯们，雪在融化。

到底是什么在靠近

到底是什么在靠近，什么人在呼唤我？
那即将来临的，为何要将套索早早抛出，
让我的心像鱼一般在甲板上活蹦乱跳？
是否坏事情总是比好事情跑得快？
它撞线的高音使我发狂，强忍怒吼，
我被你们从天上蒙住眼睛，为什么——
既让我感知到命运，又隐晦莫测？
你们操纵手里的提线，直至将我耗尽，
难道这样可供你们取乐？

林檎

枇杷林檎，带谷映渚。
——《宋书·谢灵运传》

小聚罢，乘潜艇出海，至北运河西，
于近邻超市买烟，喜见筐内，林檎悦目，
忆起幼时窗前，彼树几度嫁接，终成花红。
曾记否，老父临渊，淘金不得，喂禽养畜，
老屋又翻新基，众树惨遭斧斫，不复初貌。
西学渐矣，苹果咄咄，甘美尤胜，禽鸟不来。
林檎林檎，野枇杷生于岩渚，林檎林檎，
不服周尚有楸子，林檎林檎，漂洋东渡。

小时候我总是挖坑

小时候我总是挖坑

在后院的花椒树下

用奶奶翻土的小铲子

想象我躲在坑底

上面是垒起来的边墙

再上面是土崖

再上面是杨树

再上面是天空

一群人站在树梢上

手持弓箭

眼如黑洞

立于冬

过几天就是立冬了，
暖气没来，我也没立，
重心却在回归。
中午坐在松树下，
看攀附的细藤，
储了一脸光影。
你说好看，我也觉得，
繁忙还在继续，
压力稍减，少了死气。
回来在地铁上读
一个名字叫"喂"的女人
被拐卖的一生，
她是布依族，有过一个孩子，
丈夫默许人贩子将她带走，
为了不做噩梦，
她一直枕着刀睡，
说的话女儿都难以理解。
没有感情的丈夫死了，
看到她哭，说"白烟"——
烟竟然是家的意思。
最后她回家了，
父母尚在，却不能久留，
像你，也像妈妈们。

4.

意义的迷雾

流浪汉

他从翻寻中转过身来，望向别处，
眼里充满空洞的平静，
土地从他脚下飞走了，
身上的蛛网也被吹个干净，
它们曾如铁链般坚固，
一头连着愿望，一头
拴着恐惧的项圈，
现在倒没什么失去的了，
他的脚趾生出利爪，
身上散发出动物的气息，
"必要的恶"——
仿佛雨伞，从他头顶移开，
代之以唾沫、石头和棍子，
我们曾叫他"疯汉"，
不论性别。我们追逐、挑衅，
直到将他激怒，一哄而散。
他的愤怒像公羊一般短暂，
未来毫无忧愁，睡在哪儿，
哪儿就是棺椁，他的使命
难道是永远穿过并观看我们？
我们曾亲手将石头抛起，
庆幸没落到自己头上，
习惯地，认命地，视作雨水。

关于英国新首相鲍里斯
下议院吵架一事

宁静的早晨引来风暴，

太阳汹涌而克制地行驶在轨道上，

尽管经历了这么多苦难，

应该学会，可毕竟是新生的，

蛊惑的声音远未断绝，

奥德修斯颓败地倒在沙发上，

形容干枯，须鬓发白，

船员们愤怒地放开喉咙，

他们呼唤的引力几乎使地球迈步，

从岩浆开始沸腾：

"太烫了，太烫了！"

他几乎拿不住杯子。

地球迅猛地自转，

将蔚蓝的大海抛起，

他们的船飘摇在浪尖，

吱嘎乱响！

却没有一个舵手，

"改变不了，我们就不能选择毁灭？"

巴别塔之后他们说着不同的语言，

却通往同一个穹顶，

蛇从他们的眼中吐着芯子，

天空再也不敢降下什么，

威严的核弹早已备好，
代替祈祷的是望远镜和雷达。
明镜般照彻我们灵魂的大海啊，
如何才能再现你的光洁？
我们这些狂妄固执的孩子，
何时能在痛苦和泪水中相认？

死后的世界是否已然出现

死后的世界是否已然出现，
以解放吞噬了我们的灵魂？
是，它依旧没有形体，却有头像、网名，
我们的思想迈出脑海，像亚当
以上帝的目光触摸土地。
最初的陌生人是克制而新鲜的，
我们发送笑脸，献上玫瑰，
提示音和心脏一起颤动，
住在账号里的人，少且神秘如夜空，
那些友善的问候，如今都去哪了？
情绪的血滴子，在另一双眼睛面前
是否还能尖啸如 NMSL……
据史威登堡所述，在灵界，灵的团体
因欲望中不同的善，仿若植物聚集。
我们凭借着愤怒射出观点，
是我们尚有肉身的缘故？
当想象的自我走向广场，
渴望被承认的声音是否会因压迫而弯曲？
对啊，凭什么！历史上的我被淹没在历史中，
在这自由的时代，凭什么让你决定我的审美！
我是我观念的际会，是民主中的无数滴，
没有激情的你，如何从井中呼唤我？

我们自身，即是自身的惠特曼。

但这是否是我们想要的结果，我们的意志之船
是否行得安稳？塞壬的声音无从辨识，
但她尖叫的分贝时刻在我们的心湖上升起喷泉，
上网如出门，游行着无数人的广场成了你的客厅，
生活在哪里呢？我们能砸掉键盘，
从此不玩游戏吗？

也许我们的脚还能深入

我们的脚踵被生活握住，生活啊——
一场雾，我们不由自主，不由自主地
自西向东，被汹涌的磁暴胀痛耳朵。
也许我们的脚还能深入，像普罗米修斯
将手伸向天空的火焰，耶和华到来之后，
海平面重新划分了我们，作为人鱼
我们胸中晴朗，但尾巴尚留在海里，
和海底一起转动；可我更喜欢玫瑰，
我们的花瓣覆满世界，天堂一般的颜色
使我们深陷，仿佛我们自身的种子
为自升提供养分，可是莲花身能否持久？
人死后，是变得空洞，还是圆满？
当狂风在我们周围吹开一道口子，
新的雾涌进来，似乎从未有过断裂，
而梦里群山环绕，湖水清澈，未来啊，
未来即将踩到我们，你准备好做弹簧了吗？

梦入死后的世界有感

最终，你消失在复写纸的凹槽里，
像一阵风吹过山岗、麦田和树梢，
握住你头脑的那只手，越写越潦草，
比海滩上杂乱的涂鸦还漫不经心。
拖拉机的声音自远及近，自近而远，
时间也只在骤然撞到你的目光时，
才变得缓慢，像狂风撼动你的屋子，
很多东西被刮走，它们不被你重视，
变得比纸和塑料还轻，你这般偏执，
当激情退却，你被赐予智慧了吗？
当那只脏兮兮的猫在树林里奔跑，
突然转过头来凝望，巨大的黑色花瓣
在火车拐弯处，传来惊人的吸力，
率先抵达的人，怀着莫名的敌意，
要你在保证书上签字，"不足为外人道也！"
你被几个夜色一般清凉的青年围着，
最终还是被一个和善的中年人解开，
你的名字下面停放着另一个名字，
你的存在也将覆盖另一个人的存在，
难道他们的一生不值得书写？
还有为我们奉献尸体和子嗣的动物和植物，
世世代代被收割、圈养、囚禁，

我们就这样比肩神明？

——"吾有大患，为吾有身。"

火宅炙烤着你的灵魂，浓烟使你流泪，

神和最初的故乡，都将你抛弃。

闻风声而作
——纪念海子

入睡之前，躺在海面上，
太阳被我投进夜的篮筐，
我是泰坦，巨人的遗族，
世界在透镜中放大我们。

骑摩托的——风神超过
锁住的门，如在旷野中，
狂热曾使他们抛售海水，
如今要从你的胸中收回。

希望和恐惧，这悲哀的
两个面孔，本能地尖叫，
冲击我的紧箍，我不得不缩小身形，
融入脚下云雾萦绕的山谷。

意义的迷雾曾长久将我缠绕，
但当我终于走出，我的胸中空荡荡的，
澎湃的力量不知所踪，它本来就不属于你，
仿佛天上的雷霆，恰好将你击中。

亲爱的朋友、兄弟，请不要无端指责，
你们的高度，形成了我的高度，

你们的声音，才是我真正的声音，

我走在你们中间，等待，倾听。

如果我们的脸是镜子

当我们凝视，一面镜子——
会在另一面镜子里发现什么？
没有眼神的交汇，眉毛的惊起，
甚至也没有嘴巴让我们浮出，
去等待蜻蜓一样的亲吻。
我们渐渐消失在彼此的脸中，
唯有轮廓在回返，像装饰，
也像同化着我们的区别。

消融的冰块

放弃伪装吧，放弃你蒙眼的把戏，
纵然这一切让你安心，感到舒适，
坦诚不会有损她对你的喜爱，
脆弱也不会让她看轻你，
完美就像一堵冰墙，横亘在你们之间，
让你们拥抱彼此的幻影，
你渴望拥有得更多，
在沉沦和超越中远离了你自身，
你将神圣的激情看作比你更真实的存在，
可它给你带了什么？
焦虑、饥饿、贪婪和目空一切，
它们变成你胸腔里的冰块，
晶莹夺目，肆意扭曲着世界，
阻碍你看到你作为灰尘被爱，
作为牛蹄窝形成的水洼被爱，
作为云层遮蔽了的星星被爱，
她手术刀一样的目光让你呜咽，
却仍无法阻止你向她靠近，
颤抖着用灵魂接住钢印。

佛像修缮

甘肃西和县法镜寺石窟内，
几尊佛像经历了修缮，
表情诙谐幽默，
暂居于网络世界。
末法时代，他们思考，
头部损毁，
被一群苦难的人记起，
一群即将住进空中楼阁的人，
从心里捧出，
或许是抽出，
以请匠人——
他们照着喜欢的样子造，
谁说佛不可以哭笑不得？
无论敕封与否，
佛都不住那里。

三个强盗说

发生过什么的土地上，还会继续发生什么，
抹去星辰的天空令你们低语，呵，天上人，
在蜻蜓的眼中，你们擦肩，染上行为的色彩，
你的语言遵循步伐的逻辑，现实的结构
投射在火光中，令洞穴牢固，焦臭的铁链
让你们互相赞美、互相仇恨，所以唱吧——
亲爱的，返回抒情，听从良知的指引，
战栗在爱中的人啊，你们在彼此心里张开，
长出绿色的嫩枝，三个强盗说：
"那个人死了，重新被接回世界。"

当言语的利箭

当言语的利箭射穿他们
拼命维护的盔甲，
你不同情那些小孩子吗？
他们惊慌失措，
用无助、无辜的目光向你求救，
期待你做点什么，
可经验使你痛苦，你不能直视，
只是轻蔑地转过头去，
在优越的感觉中踩着他们，
登上你空中的宝座，
大手一挥——
幼稚！谁叫你们的盔甲那么讨厌
又不够结实。

直到发出声音那一刻

入冬后，你第一次感受到风

在窗外呼啸着，而不是观念，

敞开的地方——都有音调，骄傲不值一提；

消失的城堡仍停留在空气中，

时不时让你沉重，像你跟她视频，

光彩的笑容照亮各自的朋友，

而背靠着你的影子仰望着

白茫茫的墙壁，世界已形成了，

改造是个艰难描绘的过程。

在稻米和小麦之间，你买来面粉，

倒在小盆里，和水，揉至光洁，

揪完才觉得，你对不起的，真的太多了！

尽管土豆和芹菜互相是陌生的，

汤也寡淡，但你还是盛了三碗，

似乎不需要什么理由，你就站在光明里了，

是她用故乡一样的眼睛鼓励你，

认识四年了，你一直被大风吹着，

直到发出声音那一刻。

我从阳台上看到

我从阳台上看到，圆柏青青，
仙泉在我论中飞驰，
自信的人啊，迎风暴涨，
他与自己的影子搏斗。

自行车训练场地的外墙上，
一只蛾子抱着地锦的纤枝，
遨游在身后广阔的海洋里。

高压线回荡在防护网上空，
我们站在烟雾里，
领受几颗破空而来的桃子。

一只蟑螂钻进我的房间

当我发现它时，它惊慌失措，
飞快地爬上我的书桌，
桌面很乱，像迷宫一样，
困住这黄豆般的小东西，
当然我没心思让它在这里生根，
可是它确实已经钻进来了，
仿佛无处不在的摄像头，
固执而隐秘地打量着我，
我拿起空可乐罐子盖它，
被它机灵地躲过，藏到桌子下面，
躲进我视野的盲区，
像我刚刚升起的恶，
最终我还是没能逮着它，
只好喟叹，与蟑螂共处一室。

一位少年

你回来的时候，他用坟顶的蒿草迎接，
就像你每次去他家里，觉得他还在。
被他温暖了的空气，依旧环绕在你周围，
一辆破旧的摩托车，载着他的命运
撞向你。他当时去接他的女朋友，
却被嫁接在一棵树上，长年累月地听人们谈论：
"好惨啊！"直到他们忘记。

你爬上废弃的洒水车
——给火棠

喜鹊落到蝉声里，
荒芜包围着我们，
时间中的门卫斜眼观看，
这待开发的青山绿水。
你爬上废弃的洒水车，
掀开盖子，里面空空的，
传来回声，举头望：
天气阴沉，快要下雨了，
我们依旧不愿回去，
向上的挖掘何其艰难，
这场雨，我们已等了太久。
"上来吧，里面是空的。"
蝉叫得急迫，烟灌入你的喉咙，
关于命运，你说"我理解"，
我们的尽头，月亮亮得吓人。

太阳把他的爱分到每个人头上

早晨出门的时候，一只麻雀在树池里跳着，
你的心突然想握住它，尽管它展翅也飞不了多久，
正如你们落入各自的房间，在同一个屋檐下
失恋，熬夜，醉酒，离职，仅仅知道对方存在，
你们像葵花子一样走在街上，而地球旋转，
太阳把他的爱分到每个人头上，每个人给一点点，
不能太多，太多了就会焚烧起来。

中山路与一只银背蝗虫

银背的蝗虫静静伏在地面上，地下通道里有人唱歌，
有人弹着吉他，你停下来跟他聊了很久，
问他是不是自己写的，你喜欢这种往下走的感觉，
也喜欢在忙了一天之后回来，扶梯停运了，
出口透着亮光，你一步步走上去，感觉正被救赎。

白色栏杆被放在幸福的边界上，几个孩子在踢球，
虚构的草坪充满阳光，使他们的脚法健全。
你能想象恐龙拥有一嘴白花花的大板牙吗？
是的，就在那座蓝房子下面，牙齿还在，朝天躺着，
恐龙比我们大得多，需要极幸运才能看见。

在全球眼摄像头背后，你看到时间飞逝着，
仿佛拥有蜻蜓的视角，绿化带下面的水被挖断，
一棵树被锯掉胳膊，摸上去空荡荡的，充满遗憾，
你终于开始书写自己的生活了，这座城市的气息
还不足以渗透你的经验，它只是静静伏着，等待机会。

当他不在了，消失了

当他不在了，消失了，永远地
从这片空间，一个形象——
沐浴在晨晖里，并无限地拔高、充实，释放闪电，
他在金色的大厦和玻璃上散射高光，
并向你坚硬的心，倾倒波粒。
一对母子追着公交车跑，
堵车的人猛按喇叭，这突然的通畅
流行于你的体内，仿佛夏天
突然褪去冬天的颜色，你说没有啊，
无，才是你力量的源头。

给一位不相识的阿姨

商场内，隔着柜台，
你看着我笑，却不曾相识，
后来在扶梯上，又捏了捏我胳膊，
看我穿得是否单薄，
问我中午吃了什么。

或许我的眼睛曾在
你认识的某个人身上出现，
像微茫的星光，映照着你的睡眠，
抑或是神态、声音，或者姿势，
曾在你的世界里漫游。

我们的灵魂来到世界上，拥有了
不同的种族、性别和身体，
像水流进不同的器皿，所以当你朝向我，
我亦微倾，如远处的雪山突然显出光明。

新年

新的烟花升起，

我们围坐、庆祝，但无人观察，

你的眼和耳，驻于可能

随时递过来的一切，

像手和足，只存在于身体中，

你的身份即是你的价值，

所以抑郁可笑，分裂矫情，

存在的意义就是受苦和流淌。

然而足矣！一种生活方式，

村庄这个整体，

足以避免，

我们不需要哲学家，

仪式本就足够，

道显于纹，而圣人化之，

我们谈论各种细节，

但不涉本体，生和死同样庄重，

却如无根之花，枯荣仅一世。

我们相信死后无物，

却笃信风水，

逢佛拜，遇观亦拜，

相似律和因果律，这巫术的两条腿，

在追逐中散作尘土，

但遗留的劲儿，
依旧折磨我们的神经，
所以我消失了，充满细节。
我旺盛的生命力，
支撑我在酒后乱唱乱舞，
我不知而乐，仰天狂呼而无枷锁，
我暴躁而谦卑，野蛮而不服"教育"，
我是土里生出来的，
所谓"明出地上，
晋。君子以自昭明德"。
我重复地生，重复地死，
我徒具形式。

5.

语言说话

直立

在黑暗中触摸
到界，

于是我发芽，呐喊，
相信所照亮的。

鼓掌

在众手的空洞里，
大厅响着，
发言的人
（和你的自由）被拍碎，

仿佛墙也是一只只手，
拍向词语深处，
拍向雪地。

海德格尔入门

语言说话，火车——
冲进一个词，
最初的一个词，
它开往边境。

包书纸

祖父已经去世六年了，
一直住在字典里。
最初的那一本：幽暗的封面上，
还有半个名字在守卫

这是他教我的，把自己叠进去的手艺。
在里面，所有的词语都像石头一样荒废着。

出门

兰驼发动了
早饭期间的十字路口，
冬天的泉
已被烧坏。

椿树在房子后面矗立着
一排广袤的眼睛——

是啊，她们把孩子寄养在天空
也是没办法的事。

大地不再显现

大地不再显现，植物
吸收着死人的思想，它更加孤独。

房屋啊！核桃！我们永远居住的，
是时候给它真相了。

松榆里

很早以前，

松树、榆树和人住在一起。

菲勒斯

在你的感觉中起伏的世界上最远
最后的船，将是我的身体。

想象界

镜子里的你啊，
美得让你想毁去自己。

江滩

依稀可见的
是塔，
而风车——白闪闪地
转慢了下午。
荻海迫近，
一群人刚从长江里出来，
秋天尚未淹没码头。

秩序

我在这里出生，崩坏，
我之缺失
即是我的位置。

象形

它们穿过墙，穿过白色——
从寂静中掉下来，呼吸，不想拥有生命。

日子

这是一个房间，
空空的，没有窗户，
空得仿佛空气里有两只手，
但没有门，你一直坐到四周都是白色，
耳边传来把手的声音。

后来

他们离开了，沉默留在原地，
地上还有半截烟头。

刚刚发生在身上的事情令他喘不过气来。
沉默吸食，他们互相吸食，

记忆加速消耗——发光——
归于熄灯后的黑暗。

三三两两的声音从手指上传来，
通过拐杖，通过砾石和灰尘。

你在他们留在你体内的路上和他们交谈，
一直走到尽头你的屋里，你们继续交谈。

草间弥生

只有电梯那么小，
关上门，
竟然深入宇宙，
无数的水晶小灯
蝟集在黑暗里，
昏黄而不可捉摸。

"不拍照——
你们来干什么？"
有个女孩子问。
我说就看看，然后推门

进入无数个眼睛
麇集的林里，红黑色线条
以不同的频率振动着，
在意识的穿梭中，
空间拉伸、扭曲，
仿佛你即将越过黑洞。

赞美诗

主啊！当你赶着一群羊，
像赶着一群白花花的石头来到这里，
当你从太阳上下来，
吹动经幡吹动我们的糜子，
我想我还是爱你的，你看这么多年来，
我们在你的骨头里种满庄稼，
在核桃树上集结千千万万贫困的脑子，
还有什么是不能给你的。

所以主啊，和我们一起祈祷吧，
让我们在大地上画圈再画个十字，
让祖先伸手醒来吧，夺走我们没有烧尽的纸灰！

是时候了

爬往天空的
铁轨，一个乞丐，
衣衫褴褛，肚子像个漂流瓶。

荣誉和耻辱，一同扎根在
我头发的丛林里。

——让它长吧。

洪水发现了我枯竭的河底，还有一堆
想把头伸进水里的野牛骨架。

它终于喝饱了。

命运紧挨着我们。可是主啊，
土豆快要被挖出来了！

田旋花

是天空旋转，
在这片流血又流蜜的土地上，

西羌人走了，
鲜卑人走了，
吐蕃人走了，蒙古人

也走了，
如今的"小麦加"啊，

不是应许地，也不立界石，
只是没有谁的声音从石头里传出来，
说这片土地是你们的。

桦木

弟弟，别忘了你的翅果，
在冰川退却之后，在你的边缘，
我们从共同的根系长出，
却行走于各自的神明手里，
弟弟，别忘了你的斧头。

泥瓦匠

本应继承你的刀法，去和那些庞大的阴影搏斗，
然而他们早已变幻了样子——或者说，
庞大的阴影突然间融入我们。

生活浸透了水泥，你不得不一块一块地
把目光从城墙上拆下来，摆得端端正正，
好给儿子砌副铠甲。

临近五十岁，身体不再像年轻的时候那么脆弱，
可是仍然有更深的困惑潜伏在睡眠两侧，
它们很容易将你的头发摇白。

邻居家耳朵灵敏的狗都比月亮有耐心，
它们窃听到——飞鸟正飞过山峦，
而大象停泊在知觉的水边，它们不担心。

在未来目光的走廊里

在未来目光的走廊里，
一个又笨又丑，榆木般温顺而又胆怯的
朋友的小房子里，

他多想走出去啊。
可是树木都有渴望长高带来的危险，
只有，只有拥抱才能抵御。

我不得不像个漩涡

如一粒石子投入了世界，
投入我的呐喊之中。
我止步，屏息，朝万物松开；
我在悲哀中仰起脸，躺在浪上，
啊，二十岁，它们确实
历尽肠道，直通地底的暗河，
那里从未有时间，从未
被占领。

放假期间的前岭小学

空旷又回到这里，沿着旗杆路径，
像一片云落在黑板上。

从水泥乒乓球台旁边
延伸到每个学生记忆中课本插图的墙绘，
使一架飞机路过的翅膀也温柔了些。

地面上红砖松开紧绷了三个月的脸，
那些雀斑——那些消息。

夏日从每个远去的目光中
返回暂住的树荫，树荫啊，你这钟摆，
你这放轻了脚步的。

缓慢地流淌

下午，阳光照看着店铺
和门前的台阶，三个孩子（似乎按照年纪大小）
坐在水泥墩上——
他们摇啊，朝着祖母，
手里没有桨。

一条盲道垂直地穿过他们，像一条河
不怎么干净。中间的孩子扭头看，红色的车辆
正驶往他们身后。

大荒经

那是午后，从干得冒烟的草垛里
传来沉闷的胎动，
那是黄鸟，从九天上冲下来
撞死采药的玄蛇，
那是芨芨草，在起伏的山野里
提起万米的雷声，
那是胡浪哥，将一轮月亮挑出了甘谷，
那是边家河，在死人的桥边收集破裤，
那是书页里的坟，
一个字一个部落，
那是望远镜里的外星人，
趴下来将耳朵贴在地面上，
那是十万个嗓子的巨兽困在洞里，
那是八千建木在云中旋转，
那是东皇太一在收废品，
那是白头老汉的东皇钟，
那是女娲从梦中惊醒，
那是计划生育的救护车。

大河滩

共工撞倒的，夏禹治过的，这明晃晃的大河
消失在河滩石焦裂的嘴唇上，他们弓着腰，
喘着粗气，不停地挥汗，不停地挖，一车一车，
沙子高高堆起，成为铺垫，孩子们站在桥上

想要高飞，鸽市喧腾不已，"面的"一圈一圈
绕着县城网罗，车顶上大包的行李被目送远去。
用来交换的地点，我们只能交换，无形的力量
像皮鞭悲哀地守护我们，所以我们转啊，转啊——

终于，你从风雪中抬起头来

终于，你从风雪中抬起头来，
越过二十世纪，
在绝望和苦难中
找到一块石头，
刺激！你即将搬开
那散发着硫磺味，
浸透过歌德、拜伦、
约翰·邓恩和波德莱尔的温泉
（还有约翰·克利斯朵夫）。
在两个悬崖之间，
在废墟上，你凭空而立，
任那道爱和美的光柱、力的巨流击中，
你的灵魂变成碎片，同时
又在战栗与微醉中
跟他们的脸重组。
"诗人只有一个"，
而你是河流的下一段，
树的新枝，是这大地上一切新生的，
当你的河床在往日中干涸，
生命的田败谢五谷，
这干裂的嘴唇、这泪、这雨，
这位母亲……

大西门

毕业后，你穿着衬衫、西裤，
踩着皮鞋，像一粒盐，
在蒙眬未醒时，走出迪化。
伴随着公交车的发动，
轰响，城门和尘埃
一起倒在你的影子里，
换了发型和服饰的金树仁、
杨增新、马仲英和盛世才，
和你一起排队、刷卡，有时一直站到终点，
有时像河州人，赶紧抢一个位置
（"河州人等不及挪过"）。
他们的脸晃入周围的脸中，
每一个你都似乎见过，却不认识，
因为不认识，你竟敢长时间盯着他们，
有时也是"她们"，
仿佛你已不存在，
而人群中的每一个人都眨着眼睛，
是你的血脉和历史，把你逼上你的脸，
而你的灵魂出窍、越野，
拂过每个人的身体。
"人只有一个，"明悟蹿上你的脊背，
"你是他们，他们也是你。"

父亲

挂在墙上的相框发黄、油腻，
守住一大家子年轻时的容颜。
那时你差不多跟我一样年纪，
黑发浓密，身材有点儿发福，
身上穿着一套军绿色的服装，
乐呵呵地站在一片竹林前面，
眼神充满了自信。我看着你
和已离我们而去的你的父亲，
在上面的某个地方搭手而立，
藏蓝色的旧中山装洗得发白。
他的身后露出曾经的老房子，
你在那里长大，玩闹，争吵，
也曾闯祸，怕挨揍不敢回家，
后来你跑遍南北，把它拆了，
砍尽后院的果树，着手建造
梦想很久的宽敞明丽的新舍，
还在刨一根大梁时弄伤手腕。
直到它也老得承受不住雨水，
我也到了你出门打工的年纪，
我们扛着太阳奋战了几个月，
又建起一栋钢筋水泥的房子。
可是雨水啊，雨水无孔不入，

几年后西边的墙上扯开裂缝，
像你经常要用烈酒和止疼片
才能暂时脱离出痛苦的身体。
那天你捎来口信，说好几次
打不通我的电话，我打过去，
你却问我是不是生你的气了。
唉，小时候的我像燕子一样，
长久地徘徊在你回来的路口，
如今你孑然于蔓湾的山岭间，
端着那只磨得掉漆的望远镜，
想你飘蓬般落在远方的儿子。

告别之后

一枚橘叶，不知什么时候
落在尘物中，卷成了襁褓，
怀里的生命，已不知去向，
它的脊骨清晰，脉络分明，
下摆微微敞开，复又掖紧，
仿佛自江上来，无形的头，
在风中仰着，似乎偏右倾。
但行而知，仰而信，是谁
弥漫在空气中，引燃艾草，
并把缥缈的未来凝成一滴？
水啊，这水，自石头里来，
谁的眼，一只，被你成全，
岛屿般浮出，但海在山里，
你目睹巨轮的远去，红日
滚滚，过去的光铺在水面上，
恍惚她们晒着正午的被子。
那时你不过五岁，边祈祷，
边抬眼，留守下来的什字，
不知她消息的总是那么多，
他们鱼贯走，或面含喜悦，
递给你一块糖，或者叹息，
摸摸你的头，有很多椿树，

还存着你腼腆、害羞的脸。
它们静，绝虑，活得长久，
和这块天地一起转，你想，
它们吸收，你年轻的气血
耗散在那无意义的追逐中，
但也是必要的，飞机飞过，
他执着的，你已不必再去。
每天早晨，你出门，劳动，
带着农民的气息，与人善，
像株冬青，自己培育自己。
蔓湾的羊群，牦牛，灌木，
沙棘，远去的民国，麻狼，
陶书记与生产队，飞行员
飘荡在你周围，她微笑着，
在围裙上擦擦手，收下钱，
递给你包子："好久没来了。"
是啊，好久，自告别以后，
你的内心孤寂而丰盈，帆——
如万物以息相吹，你书写，
亦在放牧，在航行。

致我身上的小水泡

当阳光下过雨之后，
你们便纷纷冒出来，
从我的指缝、脚底和趾间，
你们的世界该是有多糟糕啊，
这样地迫不及待。
我不禁为我的行为感到后悔，
我常把愤怒的乌云压制下来，
笼罩在你们头顶，
也曾在不为人知的夜里，
朝着你们的欢乐痛哭。
我喝过太多不开心的酒，
它们残留的沼泽，
还汩汩冒着酸气。
我经常失眠到凌晨，
在你们的心头降下闪电，
我也不由自主地亢奋，
用天火毁去你们的生命。
天哪，我是怎样对待你们的，
我不禁抬头，
苍穹垂下慈爱的目光，
她用白昼充实我的精神，
又用睡眠安慰我的恐惧和创伤，

她默默地注视着，
不急于让我成熟，
她看着我长出第一片叶子，
承接甜蜜的雨露，
她鼓励我向下走，
寻找生命的泉水，
让我扎根、畅饮，不为所动。
她教我放弃说话的权利，
教我用灵魂和其他事物握手，
我用她的目光注视，
它们就全坐在我的身边，
像羊群围绕着林泉，
我听它们说话，
比我的朋友还要亲切。
是啊，她就在我们中间，
在我们胸中回荡着、激励着，
吸引我们彼此拥抱、亲吻，
使我们不再残缺，
可我对她有什么特殊的，
我有什么了不起，
值得她青眼对待？
在她的一众孩子里，
我最不聪明、最不可爱，
我还让魔鬼改变我的一部分面孔，
整日朝她抱怨、发怒，
把她最美好的食物扔在地上，

我确实是个混蛋，

但她还是一视同仁，

并没有因为我变坏而看低我，

她用温暖的充满馨香的手

拂去我脸上的污秽，

让我重新轻盈，

获得飞翔的能力，

我不能再祈求更多。

我看到一些人，

通过纯粹的颜色和形式，

企图一睹她的容貌，

还有一些人融化了语言，

想要生成梯子，

可是她离我们是那么远，

又那么近，我实在想象不出，

她是怎么消失的，又怎么出现。

她是如此地宽宥我，

可我是怎么对待你们的，

我依旧贪心、不满，

放纵我的欲望，

让阴暗的毒蛇从海里升起，

穿过村庄，咬伤你们的孩子，

还整日整夜地荒废在书斋中，

用悲哀的土地囚禁你们，

生活在这样一个没有阳光、

没有绿色的世界，

难怪你们要纷纷弃我而去。

自在之路

有一天，我们坐在新生巷，宁夏人的早餐店里，
看外面的人，幻梦一般，在天琴座下，戴上遗憾的耳机，
继而一些人奔跑起来，迈过桃林、渭水、红海和高加
索山，
那个人死了，太阳却已被放在他们心里，初为鲲，
复而举翼，冲进冥茫的宇宙，熠熠若无尽灯。
时间的大力浩荡，我们无序的手，在反抗中凝聚，
并在爱中紧握，是膨胀的恐惧、扩张的痛苦、不甘的
呐喊，
一股意志，让我们出生，而万灵得以成形。
我们彼此望着，造出自己的形象，又根据经验，
磨皮，拉脸，美白，羽化，调整自我的位置，
如邻座年轻的父母，用充满憧憬的手掌，
轻抚他们可爱的婴儿的脸庞，而他也将这最初的温暖，
深含在他的生命之中，在他没有被语言拖入火中、
拖入这兔子毛尖上的世界之前，他像只旱獭，
用图像思考，以本性言说，他是多么幸福啊！
这自然的赤子，造化的宠儿，爱中的小上帝。
他需要的一切都飘荡在他周围，包括他自己，
在这无目的的游戏当中，他开心地创造一切，
沉醉于他的造物，他发笑，呼吸，犹如橐龠。
当你漫步在公园里，湖水伸出荷叶的手臂，

阳光从心底照亮它，沐浴在感动中的绿啊，
孩子们往来追逐，他们的影子，落到身后的父母身上。
但是后来，他开始闯祸，碰翻水壶、镜子，
抹脏沙发，拆卸玩具，以无限的时间，
重建空间的秩序，他也打架，撒谎，顶撞老师，
或暗恋某个女生，有了秘密，蛇从未出现过，
伊甸园却一点点缩小，像缤纷的气泡一般，
消失在他的喉结上——可是人子啊，
这个矗立在自然中的陌生的建筑，
我们精灵般自由和谐的孩子，怀着美丽的渴望，
来到美杜莎的课堂上，写字，听话，变成一块石头，
穿上华美的衣服和知识，在这个金字塔的结构中
寻找可怜的位置，他真正的翅膀早就消失了，
而那用蜡和羽毛制成的，又如何能飞越？
我们举起卡瓦斯，为我们的相见或不相见，
溢香的烤肉化作最精纯的活力，像希腊人从战场上
归来，
饱餐美食后，在醇郁的葡萄酒中，放松他们疲惫了的
精神。
少年的地位，取决于他的聪明，或空洞的武力，
想象的天才想要获得承认，像光芒闪耀的雪山
跃身奔涌，他发烫的生命，在突然的一瞬间，
如万川归海，轰隆隆倾泻到他的天赋里。
他不顾一切地反抗，以光辉的意志，照亮这虚伪的囚禁，
他们用纤细的赤红的铁丝控制，将这自由的生灵，
按进孩子、学生、职员、丈夫、同事、朋友、亲戚的

身份中，

仿佛把透明无状的水，倒进各种器皿，逐渐发黄、变臭，

最终大海也被他忘却了，成为罐子内不可动弹的水垢。

现在的你和他一样，被超重的愿望压垮了精神的电梯，

你日复一日地在网页的田垄间劳作，以虚拟的盛景，

培植他们的梦想，你离天空太远了，无法生产出生命

的果实，

精致的审美的真言，贴在你额头的五指山上，

你用火眼金睛观看，却忍不住闭上眼睛，太多了，

他们的元神早已虚弱不堪，内心的火焰仿佛一支支蜡

烛般，

仅靠沉重的双足维持，意义的飓风迷茫了，

它穿过一座座空荡荡的宫殿、山谷、村庄、火车站、天桥、

小区、医院、高楼、学校、单位、企业、机关……

劳动光荣，追问让我们抑郁，你笑着饮了一杯酒，

最初喊出你名字的那个人，也教你用名字使用它们，

你艰难地在脑海中举起它们，像拿起脚边的积木一样

顺手。

后来你长大一些，开始给母亲照看灶里的柴火，

不小心火棍掉下来，你赶紧去扶，用你娇嫩的虎口，

烙印那钻心的疼痛，之后的日子里，你藏着掖着，

吃饭也不让他们看到，还有一些事物，也是通过触摸

移植到你的世界里。再小一些，你站在屋檐下，

看到父亲爬上那棵消失在你和爷爷之间的果树，

他穿着一件蓝色背心，挂笼子里的鸟，渐渐地，

你把经历的一切，纳入你的笼子里，看着你自己

在里面鸣叫，长出五彩的羽毛，你痴迷于这感官的世界，

不会因为无法握紧她递过来的手而羞愧，也不会因为

无法吻到她的心而泣不成声，如雪山白牛，

你肉眼凡胎，怎么可能抓住？你说山是山的牢笼，

海是海的暗室，我们相对站着，却无法看清，

你用诗揭开，却依旧形成遮蔽，像词的承载，

染色的匠人备好家什，只等你说出。

可是你能说得更好一点吗？难道还有什么未曾说出？

那些屹立在我们精神中的已经说得够好了，

无非是行，无非洒扫应对，无非是消散，无非舍不得，

当你闭上眼睛，乘坐自己的身体，如乘坐大瓢，

进入上帝里面，或战战兢兢，培育善的种子，

看它绽放开来，从妻子的手，到父母的房间，

再到邻居、天下，一切有情，法乳供养，最难莫过于承认，

但你的无明如猛虎咆哮，如何肯放弃自己的领地。

时间的狂风吹倒躲在墙根下吸收太阳的老人，

也将摧毁你的镜子，想象中最完美的水仙，

需要回声环绕，众水托举，并死于遗憾。